文芸社セレクション

紡ぐ

高山 ゆう子

JN126946

文芸社

目次

誤想 …… 53

二人

エアポート

定刻遅れのアナウンス。

きっと誰かが駆け込んでくるのだろうと、予想に違わずボディバッグひとつの身軽な男が乗って来た。

息を切らし隣の席へ「すみません」と顔を覗き込むように座った。

本を読んでいた女はそれに無言の会釈で応えた。

男は空港内のＡＴＭにカードを忘れ、手間取っていたのだ。

時折隣から漂うフローラルサボンの香り。約1時間のフライトの間、その香りに癒されながらも、終始気まずい空間でスマホを見続けていた男。

いよいよ低空飛行に入り美しい地形の夜景が眼下に広がる。感動と共に機体は定刻どうり降り立った。

一人は、ホテルの迎えのバスで、もう一人はタクシーで、この日は何事も無く分かれた。

啄木公園

翌日の早朝、公園の階段を降り、哀愁溢れる啄木の歌碑を背に砂浜を歩く女。まだ誰もいない浜辺をパヒューマーの彼女は潮の香りに満たされ歩いてた。海を眺めては立ち止まりまた歩き出す。その手はしっかりハンカチで覆われ、三島の『夏子の冒険』が握られていた。

それを遠くから見つめていた一人の男は、濃い霧が立ち込めその姿が見えなくなると、不安が過り小走りで近づいてみた。

霧の中から鴎の羽根を持った彼女が現れ、その横顔は風に揺れる白い浜薔薇《はまなす》のように儚げだった。

男は自分の怪しい行動に気づき、声を掛け飛行機の出発を遅延させた事を謝った。

「あの時の……」とクスッとした。

その様子に安心した勢いで、今夜の予定を尋ねてみた。

海の見えるレストランのへの誘い、六時に迎える約束をして別れた。

彼女は断る理由も見当たらず成り行きで承諾してしまった。

彼女が待っている確率は五分五分。元々一人で行くつもりだったのでそれもやむなしとタクシーへ乗った。

虜

ホテル前の待ち合わせ、

「今晩は。」とタクシーへ乗り込んだ彼女は少し明るさを取り戻したように見えた。

機内の彼女には危うさが漂っていたから。

もしかしていないのではと思っていたと話すと、「約束ですから。」

「そうだ、よね。」

（そうだよ、当たり前だよ。）

ナンパみたいに唐突な誘い方をした事が気になっていたので、ほっとした。

今向かっているお店（ロマ）を偶然見つけた事を話しながらまもなく到着。

ロマはR&Bが静かに流れるお洒落なお店で、奥には馴染み客らしい数人がカウンターに座っていた。

漁火が見える窓際に席を取り、軽く食事をしながら街の見処など楽しい会話が続く。

彼女の指はきっちり肌色の色絆創膏で覆われている。

お互いのことには何故か触れずにいた二人。

次第に彼の話を遠く聞く彼女はマスターお勧めのフローズンカクテルで、酔いが回ってきたようだ。

足取りが確かなうちにと賑わってきた店を早々に後にした。

かれの腕に掴まり歩く姿は、恋人同士のようで、昔の自分と重ね懐かしく見送るマスター。

「足元に気をつけて。」と、

夜道を進む若い二人を見送った。

海岸の仄かな街灯の下を歩く二人。凪の海で頭上の鴎が数羽、鳴きながら飛び廻り時折水面にダイブする。

円形のベンチに腰掛け肩を寄せながら無言で眺める二人。

彼女は白い浜薔薇がピンク色に染まったかのようで艶やかだ。

清楚なフローラルサボンの香りとのミスマッチに彼の自制心は崩れた。

投げやりな気持ちでこの街に来た彼女もまた（一夜限り）と大胆に愛された。

ゴンドラ

薄れ行く意識　ゆっくり揺られ
足先に痺れが走り　溶けてしまいそう
押されてはまた戻り
ゴンドラは大きく揺れる
「まだだね」と甘美に囁く
果てるまで優しく揺られ
朦朧と身体は応える
波は止めどなく押し寄せ　身体の中が痺れる
「まだだよ」と引き戻される
うねる波が繰り返し押し寄せ
ゴンドラは激しく変則に大きく揺れ制御不能
堕ちない様にしがみ付き
堅く締まり　何度も果てる
「もう良いね」と確かめる様に囁き

一気に加速し突き進む
飛沫《しぶき》を撒き散らし
激しさを増したゴンドラは
息も絶え絶え果てる
やがて　余韻にひたり
穏やかに揺れながら　緩やかに静止する
静寂と共に白む朝は近い

窓に射す朝日で目覚める。
隣の君は昨夜とは別人の顔で穏やかに眠っている。
おでこの乱れ髪を掻き分ける。可憐な口元に再び惑わされ、もっと濃密に愛する。
心も揺らぎ惑わされ続ける。
いつか流れる雲の様に君が遠くなる不安を秘めながら、愛し続ける。
未来永劫、君の呪縛から逃れることは出来ないのだろう。

星

ロマの店近くのホテルをチェックアウト。

彼女は今朝までの自分が恥ずかしく俯いたまま別れた。早計な出来事で自暴自棄に苛まれ、さよならしたのだ。

彼も軽薄な自分に呆れていた。

こんな男に連絡先を教えてはくれないだろうと、呆気ない分かれ方をしてしまった。

（これでいいのか？）と自問する。

ホテルへ戻り彼女の事が忘れ難く、あれこれ思いながら怠い身体で寝返りを打つ。

気がつくともう夕方、すっかり寝入ってしまった。

彼女の名前しか知らない彼は慌ててホテルへ電話する。

既にチェックアウトした後で空港へと思ったが、急いで昨日の海辺へ向かった。

遠くから染まり始めたマジックアワーの美しい空の砂浜に彼女は佇んでいた。

砂に脚を取られながら駆け寄り、何か言いたげな唇を塞いだ彼。

空は黄昏れ色に広がり二人を包み込んでいる。

「こんな夜はどんな星が見えるのかしら。」

17　星

と力なく呟いた。

彼女が昨夜、街の明かりにかき消され真の星の姿が見えないと嘆いていた事を思い出した。「そうだ、これから星を観に行こうよ。」と、返事も待たずに手を引き星空行きに飛び乗った。


外はすっかり暮れ、暗い窓に映る二人は見つめ合いお互いの事を初めて語り合った。彼女が砂浜を歩いている時に手にしていた本がずっと気になっていたので尋ねてみた。

「ああ、あの時の、」出会った時のようにまたクスッとして、「そんな気持ちになった時もあったの……でも夏子の様に気まぐれな一時の感情で、修道女になるのは、かなりハードルが高いのよ。」そう言って、微笑み話し続けた。

「キリスト教徒である事と、厚い信仰心、その他にまだ色々あるみたいなのよ。」

「そうなんだ……希望すれば誰でもなれるのかと簡単に思っていたよ。」と言う真顔が愛おしく思えた。

彼女はそれをきっかけに怪我の経緯を自ら話し始めた。

仕事中にフレグランスボトルを破損し、指の神経を深く傷つけてしまったこと。

既に不完全に治癒していて不自由なこと。

常に目に触れる箇所なので他人の視線が痛く退社したこと。

親しくなると打ち明ける必要が生じること、など淡々と話した。

すると彼はそっと手を取り「ごめん、辛い事を思い出させてしまったね……。」と涙を堪える低い声。今までその事に触れずにいてくれた彼の優しい心遣いが嬉しかった。

その手から伝わる心の温もりを感じ彼女の頬を伝う涙も温かく幸せな沈黙が続いた。

やがて着いたそこは満天の星空。

潤む瞳で限りない星を見上げる君は、生き生きと眩しく星も霞むほど美麗だ。

今の耀きは遥か遥か遠い星々の過去。

僕は君の瞳の中で永遠に耀きたい。

愛を確信した僕は君を抱きしめ、時が止まるのを願う。

この一瞬が過去にならないようにいつまでも君を抱きしめる。

彼女はこんなにも情熱的に優しく愛された事はなかった。

唯一の一人に出逢った。

彼も一夜でこんなに深く人を愛した事はなかった。

唯一の一人を見つけた。

指

若い指先は
思いがけず傷ついた
心まで深く深く傷ついた
悲しみに暮れ
誰の　どんな慰めにも
癒えることはなかった
一人　淋しく海を
見つめる女
それを遠くから
一人　見つめる男
二人
思いがけず惹かれ合い
いつしか
愛が生まれた

二人　手と手を合わせ
絡めた指
誓いの証は光を放ち
数多の星まで届く

食卓

今日の出来は今ひとつ
毎回美味しい物は作れない
食べるあなたの顔色を伺う
「うん旨いよ」それは無い
でもね　そう言うあなたが（好き）
と心で呟く　「ぼくもだよ」
聞こえたかのような返事
そんなあなたが（大好き）
「ありがとう」とまた即答
不思議そうなわたしに
「顔に書いてあるよ」と
幸せのキャッチボール
幸せな食卓　幸せな家庭
幸せはここから始まる

平和もここから生まれる
あれから二人は出逢った街に住み、
無二の二人になった。

潮風のランチ

海辺のテラスのある戸建
いつも潮風を感じられる様にと
彼の愛の形
お日様が高くなる頃
焼きたてパンと
挽きたてコーヒーの時間
テラスのテーブルには
貝殻のオブジェ
鴎は物欲しそうに
小首を傾げ可愛く見詰める
遠いあなたの帰りを待つ
わたしの孤独で幸せな時間

山岳ガイドでカメラマンの彼。

今日も宇宙に寄り近い大自然の中にいた。ファインダー越しに星を見つめ、そこに彼女を投影している。

彼女も遠い空を見上げ、既に渡った鴎と彼の帰りを今か今かと待っている。

その想いは鴎より遥かに高く飛んで彼の元へ。

廻り愛

パラレルワールド？
きっと何処かで繋がっている
いつも気配を感じている
こちらを覗いているのはあなた？
わたしが薫る花風に吹かれているとき
あなたは天つ風に優しく
撫でられているのだろうか
わたしが深い海中を散歩する時
あなたは広大な宇宙を
泳いでいるのだろうか
きっと　どこかで繋がっている
いつか時空《とき》を超えて
またあなたと廻り逢う日が来る
二人はどこにいても心は一つ

揺るぎない強い愛で結ばれている

コロナ

出会い

全てに疲れていた心の隙間に入り込んできた彼、暗い影と淋しさを背負って。わたしはただ逃げ込む懐を探していた。

夜景の見えるマンションに住みダイヤの指輪をして主婦としての生活が、始まった。

ウィークエンドの一日目、（ごめん）を連呼しながらゲーム三昧の夫。

翌日は施設の義母のお見舞いと義兄夫婦と食事。その後スーパー銭湯で熱波を浴びて帰るルーティーン。

子どもの頃、父親が年に数回しか帰らない母子家庭状態。二親の役割をこなす義母はヒステリックになり暖かい家庭とは程遠く、いつも淋しい思いをしていたようだ。少しでも夫に家庭の温かさを味わって欲しかった。

横たわる高齢の義母に「ああ、良かった〇〇のことよろしく頼みます。」と手を握られた時は真にそう思った。

連休はドライブ旅行、温泉に美味しい食事に名所旧跡巡り、アルバムの中のわたしは幸せそうだ。

いつも夫のフィールドで過ごす。

知らない事を吸収するのは楽しかった。
ただ、わたしのフィールドにも少しは興味を示して欲しかった。

報告

結婚の報告……二人で出向いた先は、取引先の女の所、何故？

品定めするような上から目線で、

「ふぅーん、こう言うのがタイプなんだぁ。」

透かさず、

「はい、めちゃめちゃタイプです。」

と素っ頓狂な大きな声で返答。

何とも言えない状況だった。

彼なりに区別《けじめ》をつけようとして二人での結婚報告になったのだろう。

しかし歳上の女は、諦めが悪かった。

ある日、会社を訪ねた時偶然見かけた二人。歳上の女は、彼の胸元をいやらしく弄《まさぐ》りネクタイを直す。

初めから得体の知れない不安はこれだったのだ。まるでドラマの様な光景を不思議と冷静に受け止め、見なかった事としてやり過ごした。後にこの判断が全ての元凶になった。

モラハラ

一年も生活を共にすると次第に彼と出かけるのが苦痛になっていた。人前で戯けたり、
大袈裟に騒いだり、人の話を遮り自慢話も過ぎる。
誰といても、社長といる時さえも不遜な態度で、いつも何を言い出すかハラハラしどう
しで、グッタリしてしまう。
家ではコロナ禍で朝から夜まで大好きなゲーム三昧。
それはそれで息苦しさが増していた。
でも彼は幸せそうだ。
若い妻を愛で、人生を謳歌している様だ。
彼は気付いていない。モラハラ、セクハラの中で悩み苦しむわたしに。

マリオネット

襲い来る苦痛の時間　心も身体も衰退する
触れ合う程　心は離れていく
欲望のままに　愛してると嘯き押し付ける
長い苦痛の時間　拷問で苦しむのを眺め
楽しんでいる様だ
果てた後喜びを与えたと
自己満足の余韻に浸っている
愛は少しも感じられない
一層　心は遠退く
それに気づかず　夢の中
一方通行に気づかず　夢の中
疲れ果てたわたしは
糸の絡まるマリオネット
癒されぬ疲労感　このままでは呼吸困難

わたしは壊れかけのマリオネット
そこに愛がなければ、喜びも何も得られない。
あるのは悲しい現実だけ。

雨

空が澄んで花が綻んでも
心は晴れない
止まない雨は無いと言うけれど
いつからか心の雨は土砂降りで
止むことを忘れたようだ
どんなに足掻いても容赦無く降り続け
足下に水流を作り　川になり海原へ
溺れそうな小船は
雨が優しくなるのを待っている
掬いの手を待っている
光の届かない深海に沈む前に

心も身体も限界が近づいていた。
気晴らしにホビーショップのアルバイトに出た。働きやすい楽しい職場、これで少しは心が晴れた。

しかしコロナウイルス感染症は益々拡大し、お店も休業、お互いに在宅が増えた。

そんなある日の出来事。

久々に外出していた夫からの着信音。

「もしもし……？」

謀

電話の向こう
「わりきりだからぁ」
下品な声を発した女
わりきりの意味さえ
知らず狼狽する
こんな下衆雌《げすめ》と肌を合わせた
下衆雄《げすお》を赦せはしない
電話越しの下衆雌と下衆雄の喘ぎ声
コロナ禍　パンデミック最中の謀
世界中の誰れも赦しはしない
最低の行為　恥とも思わずしたり顔
元来が下衆　いくら虚勢張っても
屑は屑
地獄に堕ちて砕け散れ

割切りの関係？「わりきり」。
愕然とする言葉。そう言うことか。
女は夫と続いていたのだろうか。
夫はコロナ禍で抑圧された吐け口を歳上の女に求めたのだろうか。
何故、行為の最中に電話が繋がったのか、誰の意思なのか、どちらにしてもわたしと訣
別したいメッセージと受け取った。

慰謝料

オークション宛らの交渉
低く見積もられたわたしの価値
万単位で競られ決着した
虚しさとやり場の無い憎悪が芽生える
償いとは何か　心からの謝罪
許しを乞うもの
自分の資産を投げ打つ
覚悟が欲しかった
無残に打ち捨てられ
犯した罪の対価はあまりにも低過ぎる
本性が露呈した
空虚な言葉　空虚な誠意
低額決着に安堵する者に
未来はない　幸せは来ない

初めから二人の間には何も無かったのだ。
二人で居ても、なぜか孤独だった。
空っぽの中からからからは何も生まれなかった。

パンドラの箱

想い出を残そうと旅に出る
想い出は心の中で生き続け
美し過ぎ　楽し過ぎる程心に残る
ある時突然　不測の出来事で
苦い想い出に変わり
忘れようと足掻き　苦しむ
醜く　より深く刻まれた想い出は終生
開けてはならない
パンドラの箱に詰めて込もう
身を滅ぼしかねないから
想い出は都合良く湾曲され
美しく造形され残る
今偽りのベールが剥がれ
彼奴と過ごした全てが

43　パンドラの箱

人生の汚点になった
彼奴はこの世に存在しては不可《いけない》
彼奴のしでかした恥ずべき行為
パンドラの箱ごと
彼奴に贈ろう
罪の重さで灰になる

想い出

街の喧騒を耳に感傷に浸り酒を呷る
君のいない此処は心地悪い
夏の匂い　打ち上げ花火も
共に楽しむ君は居ない
自ら招いた別れ
君はどうしているのだろう
揺れる夜景が虚に映る
取り返しのつかないことをした
自分が赦せない
今更ながら後悔に苛まれる
想い出の部屋のひとつ　ひとつに
悲しみが宿る
何もかも奪った僕
何もかも失った君にさようなら

僕の最後の幸せにさようなら

ダイビングが好きな君に、潜ったり素敵な水着で泳いだりと、楽しませる事もしなかった。夏が来て一番君が待ち望んでいた事を知っていながら。

君が何も言い出さない事にホッとしていた。

コロナで出かけられ無い事も幸いと思っていた。

いつも自分のフィールドでしか生きられない
僕は、臆病者なアダルトチルドレン。

君を愛しながらどこかに父、母を求める自分がいる。歳下の君は僕よりずっと大人で何もかも承知だったよね。

そんな自分が恥ずかしく、このまま君を縛り付けて置く事は出来ないのも分かっていた。

モラハラなのもわかっていた。父譲りで虚勢を張って生きている僕にはどうしようもない事だった。

子どもが欲しいだなんて、馬鹿な事言ってたね。親に愛された実感のない僕がなれるはずもないのに。

その上、男として人間としてやってはいけない下衆な事をしてしまった。

これ以上屈辱的な事はないと思えることを僕はした。

自己保身の為に、どうして電話が繋がったか分からないと、見え透いた言い訳。時が経つ程に恥ずかしさが増す。行為の真っ最中にタイミングよく電話が繋がる事は物理的に無理があるからだ。

真っ直ぐな君が絶対に嫌がる事をしてやりたい、子どもじみた意地悪で悪質な事を考えた僕は希代の屑だ。

僕に残されたのは、わりきりの女とゲームだけ、虚構の世界があるだけだ。

これから先も同じに生きるしかない。


結婚した時の義母の安堵の言葉が心に残る。義姉、義兄も婚姻関係にはなく孫もなく義母は淋しい日々を過ごしていた。

胃ろうの手術後、いつも天井ばかり見ている義母は今、どうしているだろう。

コロナで面会も叶わず、別れた事も知らずにいるのだろう。

でもそれが幸いなのかも知れない。

どんな事があっても夫を愛し続けた悲しい女に、母として、祖母としての幸せが訪れる可能性は残り少なくなっていた。

裸の王様

彼の幸せを願うも、徒労に終わった。
わたしも純粋に愛があったのか問われると疑問が湧いてくる。
ただ素直に愛のある人生を育もうと努力したつもりではあった。
彼との生活は、気道熱傷のように苦しく呼吸するのも辛かった。
そして、いつまでも後遺症が付き纏う。
何をしても裸の王様には通用しなかった。
切ない現実だけが残り後を引く。

看取る

遠い昔
貴方を看取ることが出来なかった
無意味な戦争の犠牲
赤紙一枚　遠い空の下
淋しく絶命したのを
紙切れ一枚で知る
そして今　あなたを看取ることが
出来なかった
無防備な平和の犠牲
日常で感染が拡大し遺骨だけが
悲しみに包まれ戻る
最期の時　愛する者と共に
願いは叶わないのか
狂気の歴史　悲しい歴史

今も世界の何処かで続いている

コロナウイルスは瞬く間に蔓延し、世界中の人々の生活を激変させた。

世界は混沌とし、命とは何か、人生とは何か、愛とは何か、家族とは何か、幸せとは何か、日常を考え直す時間も増えた。

わたしも、正に渦中の一人。

影響を一身に浴びた一人だ。

希望

たわわに抱えた花々　誰の元へ届けよう
わたしは幸せ運ぶ
魔法の花売り
シルクのリボンで
花束にして　花籠にして
優しい風に乗って
メッセージも届けよう
絶望を背負う　あなたに届けよう
希望をいっぱい詰め込んだ花束を
紅茶の好きなあなたに
マローブルーを
カップいっぱいに注ぎましょう
ブルーな想い出に終止符を
時の流れと共に

パープルカラーに癒され
レモン数滴　桜色
穏やかな春はもうすぐそこに
希望に満ちた未来が待っている

誤想

夜景の誓い

愛の告白に時が止まる
愛の証のダイヤモンド
夜景が映り輝く
愛の言葉は心に滲みて
夜景は潤む
プロポーズは君のバースデー
幸せの星が絶え間無く街に降り注ぐ
月明かりも水面に長く垂れ美しく
ふたりを祝福
今この時幸せ満ちる夜景二人占め

急転直下のプロポーズ、あっという間の結婚。

全てにおいてせっかち、ある意味、情熱的な彼に押し切られたのだ。

幸せな結婚生活。彼は職場でスマホの妻を披露し、料理上手な愛妻弁当も自慢のひとつ。

休日には近郊に小旅行、幸せの絶頂の二人。
夫の両親も待望の長男の結婚、墓まで購入して迎えた。
そして内孫の誕生を待ち望んでいた。

誕生

花言葉は純真
白く揺れるシルクジャスミン
優しく香り祝福してる
おめでとう
みんなが待ち焦がれた日
この日を選んで産声あげた君
唯一無二の愛しい者
濡れ髪にしっかり閉じた瞼
堅く握りし締めた手
無垢な天使はこの母を選んで
今天から降りて来た
少し痛々しいお臍の絆創膏に負けじと
力強く身体いっぱいに泣いた
無垢な涙　母の愛を受けすくすく育て

いつか母の思いと　すれ違いがあっても
ずっと君を護り愛し続ける
君が生まれたこの日が人生最良の日
これから君の歩む道が
穏やかで喜び多い事を願う
傍らで稚く眠る君
感動の涙が伝う
親となり家族となり
力合わせて育む事を心に誓う
幸せの涙は止まらない

夫のありがとうの労いの言葉が本当に嬉しかった。

結婚二年目、妊娠が分かってからは胎児の心音を聞く機械を早々に購入し、名前を考えたりと誕生を心待ちにしていた。

その一方で大好きな麻雀、トレーニングジム、早朝マラソンと忙しい毎日。

気掛かりではあったが子を思う気持ちで紛らしていた。

遅い帰りも多く、新婚当時からの事と諦めも、あった。

そんな寝不足の日々、子育てに奮闘。

お宮参り、お食い初め、気づけば誕生から半年が過ぎもう秋。

夫は相変わらず忙しく、帰宅後に赤ん坊をお風呂に入れたりと手際良く世話をして、出掛ける。

愛しさが増す吾子を交えての初めてのクリスマスも過ぎ、新年を迎えようとしていた。

59　誕生

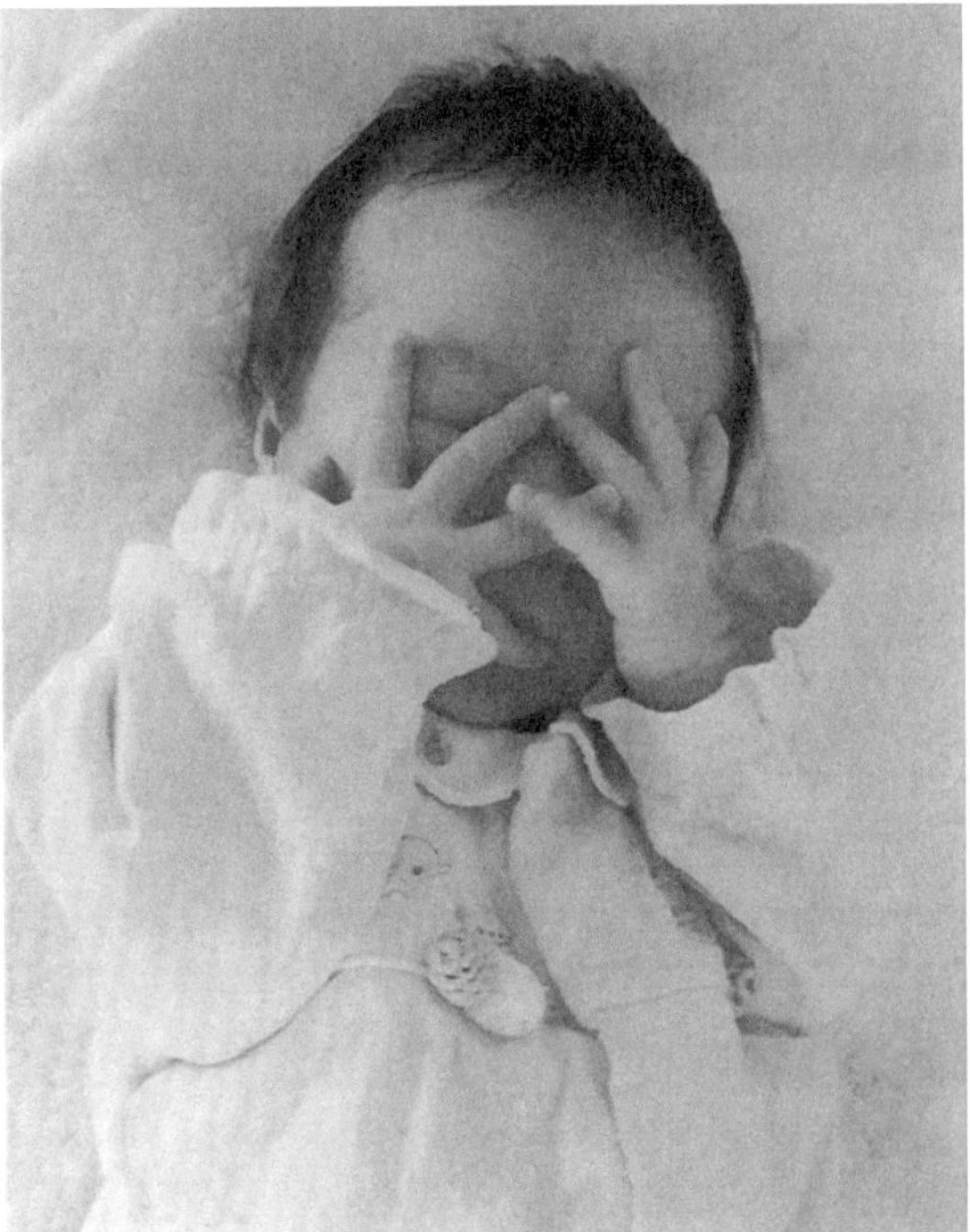

蕎麦

楽しみだなあ
鰹と昆布のお出汁
甘辛く煮た　椎茸に海老
茹で卵　紅白蒲鉾
仕上げに糸三つ葉　刻み柚子
彩り鮮やかな蕎麦の出来上がり
七味をかけて
さあ　熱々を召し上がれ
立ち上る湯気　フゥフゥー
薄ら額に汗して　飲み干した
春夏秋冬は疾風のように過ぎ行く
大晦日の夜
除夜の鐘の音が厳かに
響き始めた　外は深々と雪

三人家族で迎えた幸せな大晦日。
登る朝日の様に輝き、希望に満たされていた。

里帰り

子どもが生まれて初めてのお正月、初孫の喜びを運ぶ新幹線で帰郷。

父母、妹と幸せな空間で久々にゆったりした時間が過ごせた。

夫は落ち着きなく数日で帰り、わたしはその後、家の事が気になり予定より早く帰宅した。

帰宅後の部屋は出かけた時のまま。

夫が家に戻っていなかったのが分かった。

家の中の冷え方も尋常じゃなかったのだ。

その日は何も気付かないふりをしてやり過ごした。

数日後、やはり腑に落ちず問い詰めると総てが明らかに。

信じ難い事が発覚し、夫が仕事に出た後、直ぐに家を出た。

妊娠半年ぐらいから憂いでいた気持ちが的中した。二人の想い出、家族の想い出、何もかも全て捨てて着の身着のままで新幹線に飛び乗った。乳児と回避できない悲しみを抱えて。正月明け早々の出来事だ。

一日中泣き暮らした。赦せない気持ちと子どもの為に留まるべきだったのかと葛藤の中で　悲しみは止めどなく深く何度も襲い来る。子どもを切望した夫の身勝手さ、無責任さ、妻の悲しみと苦しみを軽んじた行動。

愛人がいて、可愛い子がいて、家庭を守る妻がいて、夫は幸せの絶頂だったのだろう。嘘はつかないと言い切った言葉はシャボン玉程儚い。

自分に正直なだけで、稀代の嘘つきだ。一番ついてはいけない嘘の中で暮らしていた夫。何より生まれた子が不憫でならない。

世間では妊娠中の妻の悲劇は日常茶飯事なのだろう。夫らは禁欲する気持ちが無いのか、当たり前のような出来事になっている。

その度に妻は我慢を強いられ、生まれた子の為に生きなければならない。

不条理で、不公平で、不愉快な、慣習?!　その犠牲者の妻は傷つき、嘆き、悲しみ、子どもを選ぶか夫を選ぶかを強いられる。

彼女は子どもを選択した。

禁欲に耐えかねた男が遊ぶことを、仕方のない事と諦めの気持ちで妻の座にいることは

彼女には無理だった。

妊娠中、風俗で遊んでいたのは薄々分かってはいた。半年もの間、新しいおもちゃに夢中な子どもだったのだ。

不倫相手に興味が湧いてくるのは自然な事だろう。彼から聞き出し、ＳＮＳでお店のホームページをクリック、源氏名を入力した。

彼よりひと回り歳下の女。

やっぱり、若さには敵わないのか。

彼女はウィークデイは、昼の仕事、土日に限って夜の仕事をしていた。

相手が独身か、既婚者なのかを選択は出来ない。そこへ指輪を外し、親密に付き合っていた彼の罪。

後に妻子がいる事が発覚したがズルズルと続いていたのだ。男から妻と子を奪った女。

慰謝料の為に、今まで通り身体を張って頑張る強かな女。

よくある男女のストーリー、わたしは、すっかり冷めた気持ちになっていた。

現役の男である以上、止む事なく女性の温もりを求め続ける彼。

夫の驕り、下衆な誤りだった。

強か

結婚以来、夫の家族との関係も良好だった。実家へも歩いて行ける距離で義母と買い物に出掛けたり、義父は、妊娠中から病院への送り迎えも楽しみにやってくれていた。

新車も購入し、チャイルドシートを取り付けて、内孫の誕生を待ち望んでいたのだ。

ただ、義母に夫の様子に不信を抱き何度か相談をしてみたが、

「自分で問い正しなさい、おたくの人生だから、よく考えて。」と。

普段は気さくでお喋りな義母からはそっけない返答しか得られなかった。

本当のところ義父母から妻と子どもの為に生活を律して生きろと、お説教でもしてくれるだろうと期待していたのだ。

義母は優しい人だがスキンシップに欠けた人。幼い頃、もっと抱きしめて欲しかったのかも知れない。

わたしは彼の母にはなれなかった。

妊娠中、彼は洋服、財布、身の回りの物を売って遊び歩いていた。

わたしとの結婚も信じられないお金を注ぎ込んで略奪した彼。

熱しやすい彼の性格は変えられないだろう。そして潮が引くように冷めてしまう。

彼自身もどうしようもなく、自分を持て余していた。
どんなに懇願されても妻として生きる事は出来ないと、突き放した。
子どもの成長だけを楽しみに自分を誤魔化し暮らす事は出来なかった。
彼にも甘えがあった。生まれた子が妻の心のブレーキになるだろうと。
そして両親が支えてくれるだろうと。
その微かな期待も見事に裏切られた。
普段から息子にはどこまでも甘く、何も言えないのが実状だった。
その根底にあるのは自分達も不倫関係から結ばれた二人だったからなのだろうか。
夫から聞いていたわたしは、そう納得するしかなかった。

仮面

あの誓いは何だったのだろう
情熱に絆され妻となり母となった
愛しい子と生きる日々
団欒も無く　ひとり黙々と飯を喰らい
慌しく出掛ける
心　ここに有らず
ホームとビジターを使い分け
妻を軽んじ　欺き　高を括っていた
善人の仮面はいつまでも被ってはいられない
やがて剥がされ総てを失う
正体なく懇願し嘆いても
信頼も愛も戻らない
周りを巻き込み
幸せに胡座をかいた末路

己は傷心の顔で叫ぶ
永遠の悲しみと
消えない深い傷跡を残したお前に
詐欺師の仮面を贈ろう
家族と　自身と　何より己の子が
赦す時が来る迄
剥がれない仮面を贈ろう

漸く授かった子、幸せの絶頂から引きずり下ろされ、わたしの悲しみはいつまでも尾を引き続けた。

妻と子から男を奪った女は優越の頂点にあった。強いて言えばランナーズハイの心境なのか、自分を選んだ男の慰謝料の支払いの為に今までで通り、身体を張って頑張る自身に陶酔していた。

私には出来ない事をやって退ける強かな女、まり〇。

夫と女の罪は重い。周りの人間を巻き込み抱えきれない不幸をもたらした。

決断

愛している男に裏切られ、途方に暮れる毎日。苦しみを紛らす為に、一人でこの子を育てる為に、愛のない暮らしを選ぶしかなかった道は、予想に違わず苦しいものだった。

子連れの再婚、魅力的な額の通帳を持って、これしかないけど好きな様に使ってくれと、涙ながらに懇願してきた男。

子どもの事、何も分からないから色々教えて貰って協力するよ。

唯一その言葉を頼りにひと回り以上歳上の男に嫁ぐしかなかった。

妻と子を引き連れて颯爽と歩く自分に酔いしれている男も幸せの絶頂にいた。

ただ一人、わたしは満たされない心を鼓舞しながらの毎日に疲れ果てていた。

家政婦として、性の捌け口として、生きるのは自分の本意では無い。

純粋に子どもを愛し自由な人間として生きて行きたいのだ。


いよいよ決断の時、男に頼らない生き方を選択した。

今までどれ程窮屈に生きていたのか、胸が締め付けられる苦しみの無い身軽な開放感。

風の心地よさ、空気まで清々しく感じられる。

野性動物の母子の様に自由に生きたいのだ。

厳しい生き方だが自由がある。

わたしにとって結婚は自分を虐める事でしかなかった。今は心も身体も浄化されてゆくのが分かる。

愛しい子の為に強く生きなければ。

もう二度と間違いはしたく無い。

詐欺師

僕を赦せるわけがない。女として、妻としてのプライドを打ち砕いた男だから
どんなに懇願してもダメだった。

もし逆の立場であれば当然のこと。

神に誓い結ばれた僕達。

他の女を抱きながら父親面して家族ごっこをしたいなんて、赦される訳がない。

でも君と子の所へ戻りたかった。

何もかも正直に話して赦して欲しいと思ったのが間違いだった。

余計に君を苦しめてしまった。

その上、子どもに会いたい、写真だけでも見たいなんて都合が良過ぎやしないか。

でも君は優しさでそれに答えてくれている。

それに甘んじている自分が情けない。

君が出て行ってから僕は女に見放されたらと強迫観念から別れ難く、ずるずると続いている。そんな僕はずっと女の僕《しもべ》になって悲しい男として、生きて行くのだろうか。

でも君の苦しみと悲しみに比べたら僕の痛みは、小石の欠片程も無いこと。

自分の仕出かした最低の行為を恕して欲しいとは言えない。君にも子どもにも。
一生抱えて行くよ、
二人に背負わせた大きな傷を。
それが死ぬまで僕に課せられた赦されざる事。

自由

或る男は仕事に疲れ果て帰る
妻子が居て家庭に縛られ
平凡な幸せがつまらなくなる
独り身の気楽さが懐かしく
魔が差した
或る女は家事に追われ
夫　子どもに縛られ
平凡な日常がつまらなくなる
独り身の華やかさが懐かしく
魔が差した
或る子どもは
親の身勝手に振り回され
ＳＮＳで悩み自暴自棄
引きこもり　暴力

魔が差した
軋む心が跡形も無く崩れ落ち
平和な幸せすら自らの手でぶち壊す
愚かな男と女の末路
尻拭いをする子ども達
負の連鎖は止まらない
本来の幸せを忘れた自由の国は
愚かな者達であふれ
いつの日か滅ぶ

この子の父として生きて欲しい、そう願っていた矢先、不倫相手と入籍したと知らされた。結婚なんて絶対にあり得ない事、自分の子は「〇〇だけ」と言い切っていた二枚舌。彼の言葉を信じ、会わせて欲しいと頼まれた帰りに聞かされたのだ。


「パパ、いっしょに、おウチ帰ろうよ。」

と泣きじゃくる、その姿が目に焼き付く。

絶対に赦せない。

父として生きてもらう必要はなくなった。

妻の座を手離したわたし。

身体を張って後釜に収まった女、まり◯。
いずれ不倫相手の子も出来るだろう。
夫の両親も内孫の誕生を喜ぶのだろう。
わたしの子がそれを知った時の深い悲しみと苦悩は計り知れない。
不倫の子は両親と幸せに暮らし、自分は淋しい立場を強いられる。
わたしの子には、父は亡くなったと伝えよう。
いつか真実に直面しても美しく回避できる大人になれるように、賢く強く育てよう。
愛は矛盾に満ちている。
軽薄な愛に惑わされ無い大人になる様に、そう願いながら育てよう。
誠実な大人になる様に。

誤想

情熱に掻き立てられ一気に突き進む
その感情を疑いもせず
愛だと信じて突き進む
周りの声にも耳を貸さず突き進む
果たしてそれは本当に愛なのか
互いの思いをぶつけた
利己的な感情
制御不能な感情
なにより己を愛し感情が抑制出来ない
それを燃える様な愛と思うなら
誰もが愛を知らない
時が過ぎ　覚めた時　初めて気付く
己の滑稽さと誤想に
只一途にそれを貫いて

魂で愛を築く者もいる　真実の愛を
只それさえも
誤想であるのかも知れないけれど

ロマ

旅立ち

故郷を離れて三度目の旅立ち。

若妻と幼な子と共に夜汽車へ。

車窓の明かりは乏しく前途を
暗示するかの様だ。

父の微笑みには不安が透けて見えた。

天真爛漫な子はそれに笑顔でこたえる。美しい母と優しい父の傍で、ガタゴト揺られ幸せ
感じて眠りについた。

暫くして下車した町はまた海の町。

明けの明星が薄雲の切れ間からキラッと光った。父は子の手をぎゅっと握り、

「さあ着いたぞ。」と遠い目をした。

冷たい浜風が頬を掠めた。

この小さな町で必死に生きた、
若すぎる父と母。

幼な子には知り得なかったことがたくさんあったのだろう。

ただ無邪気に遊び回っていた遠い想い出。

小さな初恋

秋の袋小路
駆けっこで向かうところ
敵無しの君
得意げな笑顔が可愛すぎて
メロメロだった
ある日君は負けた悔しさで
ガラス戸を割ってしまった
君のピンチに少し年上の僕は
盾になり必死で庇い慰めた
気の強い小さな悪魔が
大好きだったから
今でも鮮やかに蘇る
擽ったい想い出
僕の初恋は　小さな危うい君

幼い頃、共働きで一人遊びが多かったわたし、少し年上の近所のお兄ちゃんは学校から帰るといつも遊んでくれた。

「〇〇ちゃん大丈夫だよ」と。

何があっても優しかった。

二年余りでその町とお兄ちゃんともお別れ。幼い想い出はいつまでも心の片隅で息づいている。

出逢い

春にしては暖かな午後、街で男達に絡まれ必死に振り払い歩いていた。

そこへ現れた背の高いスーツの男は輩を追い払い「もう大丈夫」と名刺を差し出した。

それを見てがっかり、（そういう事か）と上目遣いで睨みつけ立ち去った。

海の町で生まれたわたしは都会の殺伐として淀む空気が息苦しく、いつ迄も馴染むことは出来なかった。部屋のシーグラスの水を取り替えながら、父母の思い出と優しい海風に包まれたかった。

夕凪の歌

帰ろう　帰ろう
海にさよならして
帰ろう　帰ろう
楽しい想い出
胸いっぱいに詰めて
握りしめた　シーグラス
夕陽に映り　キラキラ
母さんも喜んでくれるかなぁ
帰ろう　帰ろう
波も静かに　寄せては帰る
長い長い海中の旅
波と砂に侵食され
ガラスはまあるく優しくなった
初めて父に教えられて

夢中で拾った　シーグラス
ひとしきり集めて歓喜した
遠くに鯨の潮吹き
初めて目にする光景
感動を後に　父は徐に肩車
（夕凪の歌）を唱い帰った父子
懐かしい海の想い出

再会

あれから半月余り、街であの時の男に偶然出会した。

さりげなく現れた彼は怪訝な顔のわたしに、あれこれと釈明し謝り、お茶ぐらいと話しかけてくる。

懸命な彼の様子に退屈な日常に刺激を求めたわたしは成り行きで誘いに乗ってしまった。

それから、デートの迎えはいつも派手な外車。ドライブに映画、気の利いたレストランで食事、わたしも軽薄になって遊び歩いた。

後に再会は偶然を装ったものと知らされたが、それでもいいと思える程彼は魅力的だった。

初恋

ヘルメットを被り只管追う
氷上のパックは
君のように冷たく逃げ回る
必死で追いかけ
激しくぶつかり合い
エキサイティング
ペナルティボックスで
頭を冷やしていても
君への想いは断ち切れない
必死でゴールを決めたが
満たされない気持ちで
スティックを叩きつける
何をしていても君のことばかりだ
君の仕草　君の声　全てが心乱す

ただ純粋に焦がれ想う
心のポケットに蔵った熱い記憶
眩しく懐かしく輝きを放つ
青春の忘れ得ぬ苦い初恋

ぼくの初恋は学生時代。

アイスホッケーに打ち込んでいた硬派のぼくは観戦に来ていたチームの先輩の女友達の一人、君に恋してしまった。

試合帰りに仲間と彼女達を交えて食事へ行ったりもしたが、不器用なぼくは片想いで終わらせてしまった。

今でも忘れられない女人。

卒業してホッケーからも、彼女からも遠ざかってしまった。

以来就職にも失敗し腐っていた。

アルバイトの掛け持ちで食い繋いでいた時、街で声をかけられ今の仕事をしている。決して望んだ事では無く、自暴自棄の結果だ。


そしてこの春、また君と出逢って僕は変わろうと思い始めていた。

初めて

近頃すれ違いが多かった二人、久々のデートは東京タワーが目の前のホテルのバーラウンジ。

ピアノの生演奏が心地良く流れている。

「名前が素敵」と頼んだシンデレラハネムーンを一口含み「美味しい」と微笑む彼女。

会う度に色々な顔を見せて、一段と魅惑的だ。

タワーの誘惑か、二人共に酒量が進み酔いが回っていた。

既にウェイターに部屋を手配してもらっていた彼。部屋のソファーにもたれ、彼女は「ふぅー、疲れた」とスゥー、と目を閉じた。

彼は腕の中の彼女をベッドまで運び押し倒した。初めての夜、会えない時間がそうさせた。彼女も承知はしていたが不意を突かれ、彼の唇を噛んでしまった。

微かな痛みと血の味、気の強い彼女の事と、構わず愛し続ける。

タワーの色に染まったかの様な彼女は紅く熱り妖艶だった。

首筋に息がかかる度に、小さくハスキーな吐息が漏れピクッ、ピクッと捩れる腰。

彼は堪らず愛し続けた。

危険を承知で朧月夜と逢瀬を重ねた光源氏。
遂には須磨に追いやられてしまう。
僕は彼女と会う度に
今の危うい生活が怖かった。

シーグラス

無理矢理あなたを連れ出した
目覚めた朝日に眩しく目を細める
太陽とは無縁の生き方のあなたに
見せたかった海
海岸を走り抜け着いた浜辺
満更でも無さそうに
慌てて波を躱す
わたしの想い出話しに耳を傾け
初めてみるシーグラスに
思いを馳せる顔
あなたもシーグラスの様に揉まれ
丸くなってここにいる
尖っていた過去
底知れない瞳の闇に灯った明かり

少し日焼けした顔は夜には似合わない
照りつける太陽
寄せる波の音　潮風の音
海は心癒す
海は心救う　あなたはもう昼の顔

夜明け前のドライブ
海が好きな君
苦手な僕は顔を出し始めた
朝日に染められ
眩しくハンドルを握る
砂に足を取られ
手を繋ぎ　たどり着いた浜辺
小さく寄せる波に戯れる君
シーグラスに魅せられた
幼い頃の想い出を懐かしく語る
君の存在なくして今の僕はない
刹那的でアングラな生活

夜の帳の中　生気のない瞳に
明かりが灯された
登る太陽　青く涼しい空
鼻を抜ける潮の香り
僕には縁のなかった世界
一心に拾い集めたシーグラス
コバルト色のが一番好きと
楽しげに言う君が
限り無く愛おしい
君は海の贈りもの
明るい陽射しが好きになりそうだ
君に魅せられた様に

この三年余り僕は人という深い深い海を泳ぎ、他人も自分さえも欺き、尖って生きてきた。

誰を抱いても心は満たされることはなかった。

いつか自分を見失い目的もなく心はロマのように彷徨っていた。

97　シーグラス

朧月

翌日は一人で温泉へ、彼との事を考える時間が少しだけ欲しかった。

露天風呂で朧月を眺めながら
（源氏の君は、誰を一番愛していたのだろう、朧月夜、明石の君、紫の上、そして彼は誰を……）

そんな取り留めない思いを廻らせていた。

少し年上の彼女は六条御息所のことを考えると、心穏やかではなかったのだ。

彼は風、ロマのように自由に生きて、わたしは風に操られる雲。

心はロマの様に彷徨う。

雲は風に流され、月も出たり隠れたりなすがまま。

春の空は少しずつ遠ざかっていた。

夏の夜

もう幾日経つのだろう
幻の様な君を待って
心彷徨うのは
生暖かい夏の夜　甘美な香りに気づく
月夜に照らされ青白く
仄かに佇む君
待ち侘びたこの時
一瞬で心奪われ我を失う
薄明かりの下　触手を伸ばした
白い花弁の美しさ
ベールを纏った花嫁
烏瓜の君　妖艶な君の美しさ
二人の秘め事は　尽きることは無い
僕は永遠に君の虜

僕は君だけの為に生きよう。これまでの柵を清算して、やり直そうと決めた。忙しく駆けずり回り、既に寝苦しい夏も終わろうとしていた。

柵《しがらみ》

二年程前のある日、僕は街で声をかけられ今の仕事についた。

マネージャーが「今日から君たちと仕事をすることになった〇〇さんです。君たちのスケージュール管理、諸々、何かあったら彼に相談してください。」と、紹介され挨拶が済むと、女の子が群がり矢継ぎ早にあれこれと質問攻め。

少し落ち着いた頃、古株の女がゆっくり立ち上り、若い子らは次々と捌けて行った。

「なかなかね。モテるでしょう……」

もったりした口調でまじまじと顔を覗き込む。美人と言えないが、分厚くぽってりと赤いルージュの唇は好色で男を誘っている。

「M子よ……よろしく。」

数ヶ月が過ぎ、仕事にも慣れてきた頃には僕はM子の男になっていた。

他にも男がいるらしくオーナーもその一人。妻が彼女の妹だと知った時には流石に驚いた。オーナーはネイルサロンで妹に一目惚れ、猛烈にアプローチして妻に迎えたのだ。勿論、初めは妹とは知らずに。

M子とは対照的で清楚で品の良い女性だ。

彼女は妹故、嫉妬と憎しみの気持ちが収まらなかった。

週一での誘い、彼女はなかなか羽振りが良く僕は正規の仕事を凌ぐ額を貰っていた。

それからは歪んだ関係に僕の罪悪感と嫌悪感の日々が始まった。

オーナーも他の男たちも無責任に、奔放なM子と遊んでいた。

ある時、
お客の一人が全て承知でプロポーズした。

結婚という形で独占したかったのか、お堅い職業の初な男だ。

彼女はこの機を逃さなかった。

早々に仕事を辞め主婦に収まったが、相変わらず男遊びは盛んで、僕もいつまでも別れる機会を逸していた。

ある時、夫になりすましお金を引き出す事をM子に頼まれた。

キャッシュカードは夫が持ち歩いてるので印鑑と通帳を渡されたのだ。

M子は絶対にバレるのはわかっていた。適当な嘘で誤魔化せる、自分にぞっこんの夫は許してくれると、高を括っていたのだ。

僕は犯罪行為と知りながら断る事が出来なかった。

でもこれがきっかけで、ここから抜け出せそうな根拠のない予感を抱いていた。

M子はいよいよ遊ぶお金に事欠いたのだ、そこから三分の一程が渡された。

彼女は妹の旦那からお金をもらい他の男とも遊ぶ、節操の全く感じられない女。

僕も偉そうな事は言えない。

今の不甲斐ない生活に加え、君に会うまでは荒みきって行きずりの女と一夜限りで遊んでいた。

後に残るのは虚しさだけだった。

ある日オーナーに事務所に呼び出された。

「昨日、M子の旦那から電話があったよ。金融機関にお前の画像を見せて確認したらしい。そうなのか？」

「いや、はい、確かに僕です。」

「お前に唆されてやったと話したらしい、分かってるよ、M子が嘘をついてるのは。警察沙汰にならなかった事が救いだよ。まぁ、旦那も世間体もあるからなぁ。」と、タバコに火をつけ話しを続けた。

「悪いが、こうなったら辞めてもらうよ。退職金ということで受け取ってくれ。」と、予め用意されていた小切手を差し出した。

「これ以上面倒な事にならないように頼むよ。」

と肩に手を置いた。

「君はよく働いてくれたし、手離したくは無いが、分かってくれないか。」

僕はあっさりと承諾して部屋を出た。そうするしかなかった。

そして内心、ほっとしていた。

このままの危うい生活から抜け出す機会を模索していたので好都合だったのだ。

渡された高額な小切手に驚いた。M子との事が妻に知れるのを危惧しての事だろう。

それ以来M子からの連絡は途絶えた。

彼女も今の安定した生活を失う事は出来なかったのだろう。

僕は思いもよらぬ展開で、柵から解き放たれた。それから二ヶ月、漸く全てを精算して君を迎えられる。

僕に君を愛する資格があるのだろうか。

君はこんな僕を受け入れてくれるだろうか。

未だ心許ない状況下、長すぎた時を埋めるべく急ぎ、車を駅へと走らせている。

約束

初めての夜から数ヶ月、二人は電話とＳＮＳだけで繋がっていた。

長過ぎる時間、彼女は何もかも諦めかけていた。詳しい理由も知らぬまま、どんなに優しく語られても、彼の気まぐれでしかなかったのかと。

一方、彼は今のままの自分では彼女には相応しくないと、身辺整理に奔走していたのだ。

何一つ確証が持てないまま時間だけが過ぎて行ったのだ。

そんな中で彼女に会う事は徒に彼女を傷付けてしまう。

必ず柵を断ち切って彼女を迎えると心に決めていた。

必ず彼女は待っていてくれると信じて。

そして今、
約束も無いまま一刻も早く逢いたいと駅で待っている。

改札を抜ける人混みの中に彼女を見つけると人目を憚らず駆け寄り抱きしめた。

「ごめん、長かったよ。逢いたかった。」

それだけで彼女は嬉しかった。

混み合って来た駅構内を足早に出ると冷たい風がすり抜け彼女はしっかり抱き寄せられ

歩く。近くの駐車場に止めてあった車は以前より落ち着いた車。

唐突で、衝動的な彼が何を考えているのか、憶測しながら「銀杏紅葉が綺麗。」と不安な気持ちを紛らす。

すっかり色付いた銀杏並木の道の先が彼のマンション。

設えの良い部屋からは東京タワーが遠くにライトアップされ見えた。

部屋に人を招いたのは彼女が初めて。

たっぷりとしたソファーに腰掛け渇いた喉をスプマンテで潤しながらこれまでの経緯、二人の将来について熱く語る彼。

真っ直ぐな目と迫力に頷く事しか出来なかった彼女は、初めての夜のようにいつの間にか彼の腕の中に。

ベッドのサイドテーブルには海が背景の二人の写真とコバルトブルーのシーグラス。

彼女はそれを横目に夢現に愛され、幸せを享受する。

窓には俄に雨が纏わりつき、タワーはローソクの炎のように朱く揺れていた。

二人はいつまでも離れ難く終わりの無い夜は続いた。

その後、
彼は言葉どおり着実に彼女を幸せへと導く努力を続けた。

ハレルヤ

扇貝の寝息聴きながら
生まれしマーメイド
沖に浮かぶ
薄紫の瑠璃貝の筏は揺り籠
海の泡が奏でる子守唄
幼子は大人になった
潮風唄う　鴎も唄う　祝福の唄
純白のマーメイドドレス
白蝶貝の賜物　真珠を胸に
海色ヒトデ　紅珊瑚　桜貝
海のブーケを胸に
誓いの言葉は厳かに響く
頬つたう涙は清らかで美しい海原の雫
幸せ運ぶ波となり　連連と押し寄せる

おめでとう　おめでとう
パールシャワーが降り注ぐ
海辺の式場は愛に包まれる
今日は晴れの日

出逢いから二度目の春、二人は幸せのベールに包まれていた。

彼女の故郷の海辺に、レストラン＆バー・ロマをオープンした。

そして、彼はアイスホッケーへの夢を子供達の未来に託しチームを創り、指導を始めた。

ロマのように心彷徨う旅は終わりを迎えた。

二人の新たな人生の始まり。

初恋談義

結婚して四年、わたしが幼い頃過ごした町を初めて家族と訪れた。
晩秋の町は寂しくわたし達を迎えた。
あなたと子ども達に見せたかったシーグラスと想い出の海。
冷たすぎる海水と砂浜でシーグラスを見つけては歓喜する子ども達。
「シーガッチャ」とはしゃぎ回る無邪気な姿に遠い昔が蘇る。
家族の反対を押し切り結婚した父と母はロマのように海の町を渡り歩いた。
青春真っ只中でキラキラ輝いていた二人は、若くして親になった。
精神的に経済的に誰からの助けもなく、ただ純粋に愛があるだけの二人。
北の海は決して順風じゃなかった二人の人生の様に、今も荒々しくうねっている。

わたしの今の幸せもあなたが居てこそ。
ただ純粋にあなたを愛した。
突然、音のない世界に放り出されたわたし。
聴力ともにあなたも失うのではと、なかなか打ち明ける事が出来なかった。

それでも変わらず愛し支えてくれている。

あなたにどれ程愛されたか、出逢いから二人の子どもの誕生、産声、魅力的なあなたの声。

全てを忘れないように様に書き留めては読み返している。


今の幸せは君が運んで来てくれた。

悉く追い詰められ荒んでいたあの頃の僕が、底から抜け出せたのは君がいたからだ。

最近、賑やかな子ども達の声に反応しない君を見て違和感を覚え、聴覚の異変に気付いた。心配かけまいと黙していたんだね。

もっと早く気付いてあげれば良かった。

ごめん、でもこれから先も変わらず君を愛し、何があろうと家族で支えて行くよ。


海に別れを告げる太陽はゆっくり沈み始め帰りを促す。

子ども達は夕陽に染まるシーグラスを、

「ねぇねぇ、見て、見てぇ。」と自慢げに悴んだ手を差し出す。

「次は皆んなで暖かいビーチに出かけようね。」

と、冷え切った手を大きな手で包み込み温めた。ハネムーンで行ったカウアイ島のグラスビーチをこの子達にも見せたいと思ったのだ。結婚以来、妻と子ども達への愛おしさは増すばかりだ。

心の中で（愛してる）と呟く。

傍らで「わたしも。」と答える。

凍れてきた夜、音もなく微かな風に踊る初雪。

二人の賜物は可愛い寝息を立てて、ほっこりと包まれ眠っている。


今夜も何度目かの初恋談義。

今までは見つめ合い言葉で心通わせていた二人は、届かない声の代わりに唇を読んで愛を確かめ合っている。

「君は初めから僕のことは覚えていなかったね、ぼくの初恋の女人は君なんだよ。」と。

幼い初恋　大人の初恋
珠玉の初恋は輝きを放ち
いつまでも心の深部で眠る

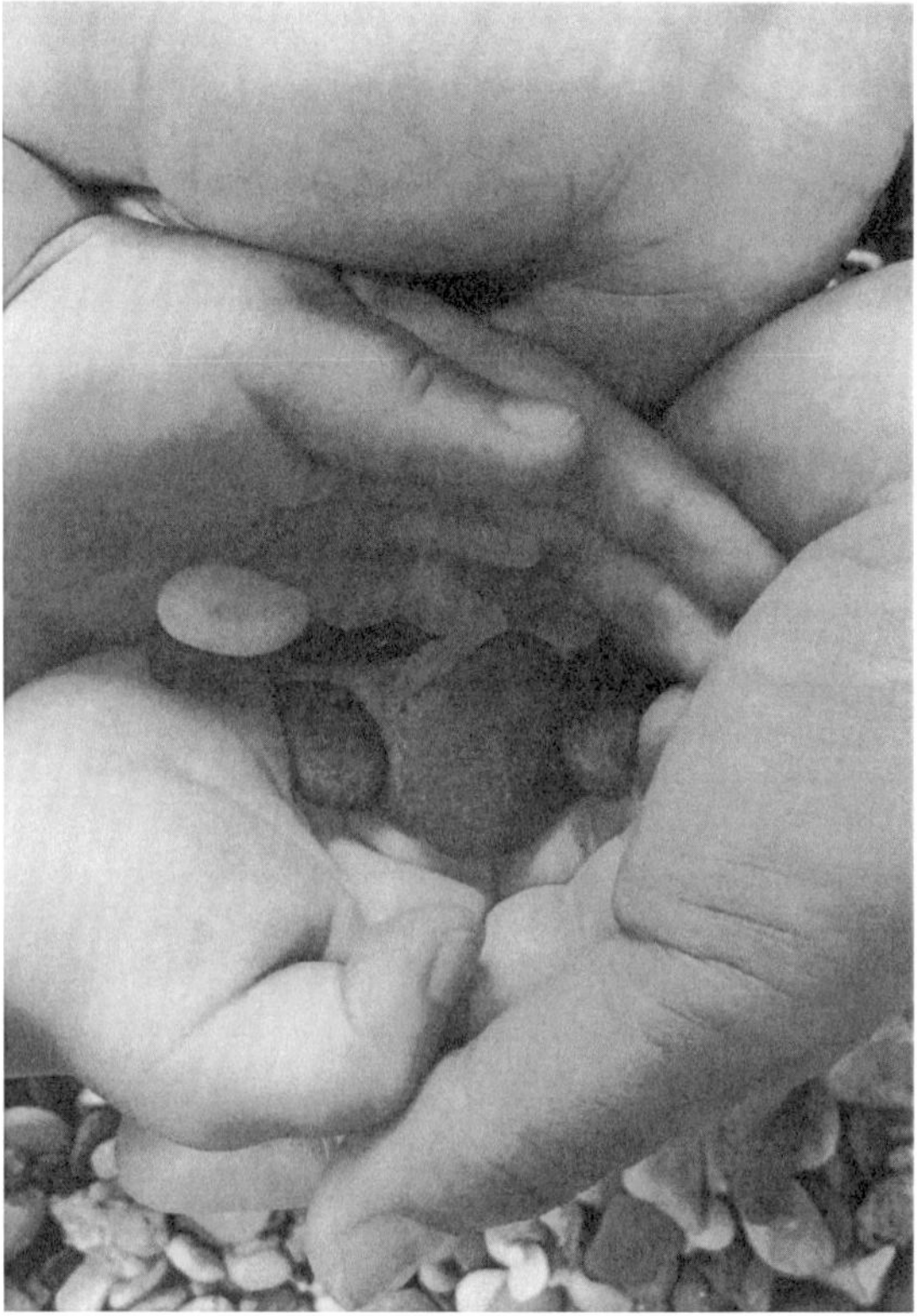

波

波

人生は　ｉｎｇ
父母から　子へ
子から　孫へ
生まれた　時代
生まれた　国
生まれた　環境
複雑に絡まり　受け継がれ
幸せの時も　憂う時も
想い出と共に
止まることなく
常に進み続ける
ある時は
大きなウェーブで
襲い来る恐怖の波に

115　波

打ちのめされ全てを奪われる
ある時は
砂浜に打ち寄せるバブルの波
足下で小さく震え

指間をスルスルと抜け
癒しを齎《もた》らす
波は泡沫《うたかた》　人生の如く

義父と父

義父は台湾で招集された。

レーダーで敵機の襲来を察知する任務に就いていた。その性能の低さ故、時既に遅く、幾度となく死の淵に立たされながらも救われた経験をしていた。

見えない力に助けられ生きて帰国したのだ。

幼い頃に両親を亡くし、親戚の家で育った義父。多くは語らなかったが淋しく涙に濡れ、苦労したのだろう。

やがて、
海の好きな義父は海の町でおっとりと優しい義母と出逢い、新たな命が生まれた。

二人の息子に恵まれ、嫁のわたしにもこども達にも思い遣りと寛大な心で接してくれる、大きな存在だった。


一方、父は空襲下で逃げ回り防空壕で恐怖に耐えていた。息を潜めながら過ごし小学生で終戦を迎えた。

長男として生まれ大切に育てられたが思春期に母に先立たれ、義母の存在に違和感を覚え、煩雑に育った。
やがて、
運命の女人、美しい母と出逢い、学生だった父は親の反対を押し切り結婚。学業を捨て
母と共に海の町をロマのように渡り歩いた。
世間を知らない二人。
愛があるだけの二人。
海が似合う二人。
そして海の好きなわたしが生まれた。
父は楽しみにしていた東京オリンピックと小惑星探査機［はやぶさ2］の帰還を待たず
して今世に別れを告げた。
魂はきっと、再び旅立ったはやぶさと共に深宇宙へ飛び立ったのだろう。

遺愛の家族

結婚、誕生、裏切り、離婚、コロナ禍の予期せぬ出来事は、ひっそりと忍び寄って来たのだ。

この一連の出来事は一気に襲いかかり、一気に消滅した。まるで一夜の嵐のように。

建て付けの悪い家に手加減なく吹き付ける雨、ある時は雪をも伴って増大し、巨大な嵐となって荒れ狂う。

軋む音に何事もなくと、祈る大人達は何も知らずに眠る子らが、気づく事無く過ぎ去ることを祈りじっと待つ。

震え上がる長い長い夜は容赦なく続いた。

心は折れ挫ける。

倒壊しそうな心を家族と支え合うも抗う事は出来ない。

なすがままに船は大波に攫われ、大木は奇妙な音をたてて真っ二つになり、終いには根こそぎ倒れる。

嵐の跡は全てが変わっていた。

そんな悲惨な状況を前にしてなお進む。

非情な人生を泳ぎ進み続ける。

涙を堪え屈強に生きる。

それぞれに傷ついた心のカクテルは最悪の味。

それを一気に呷り、立ち上がる。

支えてくれた、愛する人達は既に他界してしまった。

日常に追われ、愛を持って最期まで優しくいられたかと自責の念が残る。

今は孫、曾孫と共に暮らす母一人。

近頃は物事の概念が緩慢になってきている。

進行する認知症と日々闘いながら想い出の中で生きている。

心から愛した父と生きられたことに微塵の後悔いもないと話していたのが忘れられない。

頭上の眼鏡

母は四六時中探し物をしている
想い出を掘り起こすように
これまでの人生
様々なことを乗り越え対処してきた
頭の中は飽和状態
新たな事はすぐに忘れ
目覚めた時が日付変更線
遠い想い出を走馬灯のごとく語る
共にアルバムをめくり
頭上の眼鏡を捜す

　春まだ遅い故郷で、窓越しの残雪を眺めながら、暖かい陽射しと花風が吹くのを心待ちにしている母とわたしたち。

　これからも遺愛の家族は支えあい、逞く人生を紡ぐ。

著者プロフィール

高山 ゆう子（たかやま ゆうこ）

1953年生まれ。

北海道函館市出身。

函館商業高校卒。

その後、東京で就職。

紡ぐ

2024年３月15日　初版第１刷発行

著　者　高山 ゆう子
発行者　瓜谷 綱延
発行所　株式会社文芸社
　　　　〒160-0022　東京都新宿区新宿1－10－1
　　　　電話　03-5369-3060（代表）
　　　　　　　03-5369-2299（販売）

印　刷　株式会社文芸社
製本所　株式会社MOTOMURA

©TAKAYAMA Yuko 2024 Printed in Japan
乱丁本・落丁本はお手数ですが小社販売部宛にお送りください。

送料小社負担にてお取り替えいたします。

本書の一部、あるいは全部を無断で複写・複製・転載・放映、データ配信することは、法律で認められた場合を除き、著作権の侵害となります。

ISBN978-4-286-24999-5